KB089906

무채색 가슴으로

무채색 가슴으로

김춘자

도서출판 위드라인

시인의 말

나이를 먹어 갈수록 그 옛날의 추억이 빈 바다의 파도마냥 가슴을 쓸어간다. 그것이 지나간 자리는 상념이든 그리움의 잔재로 마음이 아리다. 이제는 기억의 저편 모두를 보듬고 가야 할 때, 그것이 아리든 달콤하든 가슴 깊이 묻으련다. 그리고 매 순간순간 삶을 관조하련다.

차 례

3부
나 그대 위해 노래하는 별이 되리라

1부

보듬고 싶은 세월이여 자연이여

부여 옛집

부소산 품안에 들어 있는 부여 옛집.

옛집을 옆으로 하고 부소산 자락 밑에 아주 오래된 연못이 하나 있습니다.

여름이 되면 붉고 어여쁜 아름다운 연꽃이 수면 밖으로 얼굴을 내밀어 연못 가득 찬란하게 피웁니다. 연둣빛 넓은 연잎은 수면을 다 덮은 채, 비가 오면 방울방울 빗물을 받아 찰랑찰랑 쏟아 붓습니다.

연밥이 일렁이며 영그는 가을이 오면, 조각배 하나 띄어 타고 섬 같이 뾰족하게 솟아 있는 봉우리 한가운데까지 들어가 긴 낫으로 연밥을 땁니다. 한손 가득한 연밥을, 뚝방에 서 있는 연못지기 노송 밑에 앉아 나와 형님, 사촌동생들과 해가 저물도록 까먹곤 했지요. 해질녘 여인네들이 드나드는 쪽문 안으로 들어가면, 부엌에 여러 아낙네들이 많은 식구들의 식사를 준비하느라 늘 잔칫집처럼 부산했지요.

뒤뜰 언덕엔 갖가지 과수가 탐스런 열매를 맺었지요. 언덕배기에 자란 고목, 커다란 감나무는 감은 잘 열리지 않지만 옛집을 지키는 수호신이라 불리며 모두들 귀하게 여겼지요. 집 모퉁이 작은 우리에는 흰 거위 한 쌍이 꽥꽥 커다란 알도 낳았고, 뒤뚱 뒤뚱 대며 순찰병인 양 집안을 빙빙 돌며 낯선 사람이 접근하는 것도 막았지요.

행랑채 군불아궁이 곁으로는 늙어서 일 못하는 노 머슴이 뒷짐을 지고 어슬렁 세월을 보냈지요. 이른 아침이면 작은 머슴 큰 일꾼이 안마당을 말끔히 쓴 후, 삐그덕 소리를 내며 대문을 열어 복을 받아들이고, 저녁이 되면 받은 복을 거두려 떨거덕 대문을 걸어 닫지요.

언제나 정결한 안마당에는 수확한 많은 인삼을 건삼으로 만드느라 마당 가득 하얗게 널어놓아 그 향내가 집안을 가득 채웠고, 미삼뿌리는 차로 달여 먹기도 하였지요.

건너 방문 앞 모서리 작은 화단에는 줄장미가 화단 울타리를 타고, 줄줄이 넝쿨 뻗어 송이송이 노란 꽃을 피웁니다. 그때면 작약, 목단, 진보랏빛 붓꽃도 저마다 년년이 고운 꽃을 피우고, 화단가 파란 잔디도 오월 햇살 받아 힘차게 솟아올랐지요. 이곳 전경은 너무 아름다워 빛바랜 가족사진 뒷면에 영원한 추억

12

으로 남아 있습니다.

대청마루 높은 벽에는 21번 전화통이 걸려 있었고, 밖 마당에는 인력거와 택시도 간간히 대기하고 있었지요.

안방 할머니는 보살님 같은 성품으로 온화하시어 성내는 일이 없으셨지요. 할머니께서 밤늦도록 은은한 등잔불 아래 긴 베개를 비시고, 옥루몽전 등등 책을 읽으시는 것도 보았습니다.

할아버지께서는 다복하고 덕망 높으신 분으로 부여면장님이셨습니다. 때로는 높은 마루에 서서 일곱 아들에게 더욱 학문에 정진하라며 엄격한 교육에 온 힘을 기울이셨죠. 당신께서도 사랑채 가정교사 윤응구 선생으로부터 끝없는 학문과 인격 성찰에 정진하셨답니다.

집안에 큰 경사가 있을 땐, 부소산에 있는 고란사에 올라가 부처님께 경배를 드리고 고란암 약수를 경건한 마음으로 마시곤 했지요. 이후 삼천궁녀가 꽃잎같이 떨어졌던 낙화암 아래로 내려와, 백마강 푸른 물에 두둥실 떠 있는 사공의 나룻배에 집안 일가 모두가 함께 탔지요. 나룻배에서 우리는 절경이 장관인 수북정을 바라다보며 탄성을 지르곤 했지요. 나룻배는 아홉 마리

13

용이 산다는 구룡을 지나, 옛을 보았다 하여 지어진 옛바위 선착장에 도착해 옛집으로 돌아오곤 하였지요.

그러나 지금은 연못도, 연꽃도 그때 그 모습이 아닙니다. 연못지기 노송도 여여져 비명의 흰 거품만 배여 흔적으로 남아 있습니다. 그래도 옛집은 그 자리 그대로 있어 다행이지요.

할아버지, 할머니의 일곱 아들은 성성한 삶으로 이 사회에 이바지하였습니다.. 특히 다섯 번째 보석 같은 당신의 아들은 한국을 빛낸 영광의 인물로 선정되어, 이 나라 역사에 기록되어 길이 남아 있습니다.

할아버지, 할머니, 조상님들의 비석에 영광의 그 이름을 새겨 영원한 품에 안으셨습니다.

할아버지, 할머니 감사합니다.

부여 옛집 고맙습니다.

                                        손녀 김춘자 올림

찢어진 꽃잎

자정이 넘은 봄밤에
달빛도 희미한 계단에 앉아
돌아오지 않는 사람을 기다린다
찢어진 목련 꽃잎이 바람에 흔들리며
바닥을 향하여 떨어진다
허상도 진실 같은 거짓으로
젊음의 길목에서
하얀 목련 꽃잎이 떨어지는
봄밤에

재수돌

커다란 재수돌 하나
오랜 세월 소용돌이치는
깊은 물밑에 박혀 살고 있다
언제부터인가
지나가는 사람들
하나 둘 퐁당퐁당 재수 놓느라
물밑으로 돌 던져
재수돌 위 수북이 쌓인
잔돌들

지난 밤 큰비 거센 물살에
잔돌들 다 떠내려갔지만
흔들림 없이 깊은 물밑에 고요히 앉아
쉼 없이 흘러가는 물길
막지도 않을 뿐
널널한 가슴만 비워놓고

지나가는 사람들이
또- 던지는 재수돌을
말없이 받아 안는다.

봄밤

달빛도 은은하게 흐르는 봄밤
개울가 물소리만 더더욱 청아한데
의좋은 학 한 쌍이 먹이를 찾아
물길 따라 한가로이 건너니
저편 노동백꽃이 흐드러지게 피어
달빛 너울 쓰고 함박 웃고 있더라.

오월 산

밤새워 비가 내리더니
산봉우리마다 안개가 덜 걷히고
철늦은 진달래 철쭉이
수줍어 고개 숙인
도라지꽃 속에 끼어 피어 있더라

산길 돌아 수풀 헤치고
향내음도 산뜻한 오월 산에 묻히니
아스라이 멀어져 간
보고 싶은 얼굴들이
메아리 되어 오는 듯하여라

바람소리 여전하여
산까치는 간간- 날고
아직도 여기는 한적한데

오월의 아카시아

어제같이 봄꽃들은
너 잘났니 나 잘났다
앞 다투어 고개 들어
한껏 피고 지더니
늦은 봄이랄까
이제 완연한 초여름
봄비가 이틀째나
쉼 없이 내리고 나니
뚝방에 줄을 지어 늘어선
아카시아 하얀 꽃잎

봄밤에 향기 품은
하얀 꽃잎
오월의 새신부인 양
올해는 더 풍성한 숲으로
물결치듯 봄바람에 너울어져

가슴 한가득 피어 담겨지고
그윽한 그 향기마저도
오래도록 떠나지 않고
기억 속에 남아
간직될 것 같다.

가르쳐 주지도 않았는데

가르쳐 주지도 않았는데
계절은 세월따라 길따라
잘도 찾아온다
앞산에는 진달래꽃 만발하고
뒷산에는 노란 개나리 웃음소리가
귓가에 들릴 듯이 퍼져
산허리를 돌아 노란 띠로 곱게 매고 있다
산꿩은 꿩꿩-
수리목진 굵고 둔탁한 소릴
산 메아리로 봄의 한가운데를 알린다
그래도 지난해보다 며칠이나 늦었는걸
게으름쟁이 산꿩아-
올해도 봄산에 신고를 했으니
창문 하나 사이에 사는 인간 우리와
봄 여름 내내 가까이 잘 지내자꾸나
부탁한데이

초우

담 밑에 개나리 제법 노란빛을 띠더니
아침부터 봄비가 촉촉이 내린다
대문 옆 목련 한 그루
하얀 조각 얼굴 내밀어
초우에 방울방울 세수하고 나면
아지랑이 아롱아롱 산허리를 떠돌고
노란 종달새 암수 짝을 지어
사랑노래 아름다워라
파릇한 보리밭 사이로
달래 냉이 캐는 아낙네
한줄기 봄바람에 고개 돌리고
재 너머 신작로 따라 마음만은 떠있다네.

악의 꽃

천상에서 저주받은 꽃 한 송이가, 죄의 대가로
인간사 세상 속으로 버려졌습니다
무엇이 삶이고
무엇이 죽음이라는 것도 모른 채
가시에 찔리고, 차갑게 죽어버린 돌무덤에 기대어
무엇이 죄이고
무엇이 선이라는 것도 모른 채
외롭고 괴로운 긴 삶을 살았습니다

그러나
어느 하룻날, 착하디착한 사람들이
천상에서 저주받은 악의 죄를 벗기고
화려하고 행복한, 만인의 사랑 장미라 일컬으며
햇빛이 맑게 쏟아지는
잔잔한 바람이 평온하게 부는
어느 초원 교외 언덕 위로 인도하였습니다

그리고
그곳에서 참이슬로 튼튼한 뿌리를 내려
바람에 흔들리지 않는
바람에 시들지 않는, 열매를 맺어
만인의 가슴에
오래도록 기억되는 꽃으로 피었습니다.

장미

어제는 여리던 싹이
오늘은 이토록 꽃으로 꽃으로
탈을 쓰는가
서릿발 매서운 겨울날이 지나가고
천둥소리 무서운 여름밤에도
온몸이 찢기도록 불어대던
바람도 마다 아니했기에
햇빛 따사로운 오월,
붉고 아름다운 장미꽃으로
송이송이 피어난다.

낮달

절반의 가슴은 아픔으로 잘리고
절반의 가슴은 슬픔으로 물들어
조금 남은 가슴은 그리움으로
어느 버림을 받은 여인의 가슴같이
빛이 바랜 슬픈 낮달이여
오늘이 지나가고 내일 또 내일이
돌아돌아 너를 상징하는 흰빛
붉고 아름다운 진홍의 색
영원히 홀로인 숙명으로 태어나
밤하늘에 뭇별들을 휘어
이 밤
밤의 화신으로 부활했는가.

고향집 장독대

새하얀 앞치마 단정하게 두르신 어머니
고향집 장독대에서
해묵은 된장 간장 정갈하게 고르시고
갓 담근 햇고추장 매콤한 맛에 입맛을 돋운다
대독 뚜껑 위, 하얀 싸리로 엮어 만든 채반에
빨갛게 익은 대추랑
속살 하얀 애호박 썰어 만든 호박고지랑
주워온 쥐밤을 널어 말리던
고향집 큰 장독대

한발이나 떨어진 작은 장독대에는
콩나물시루의 물이 졸졸 흐르고
풋김치 야들하게 담가 올려놓았지
하얀 손두부 만들어 반듯하게 썰어
깨끗한 옥수에 띄워 담가 놓았었지
작은 장독대 돌 틈새로 자라난 석류나무에

석류가 여름 내내 주렁주렁 열리더니
가을볕에 못내 하얀 이 드러내고
수줍은 볼우물 웃음 짓는다

어디 그것뿐이랴
봉선화 곱게 피던 여름밤이면
봉선화 빨간 꽃잎 한아름 따서
장독대 납작한 돌멩이에 백반 넣고 찧어
손톱에 빨갛게 꽃물 들이던
그 옛동무들은 어디서 어이살고 있는가
세월은 흘러갔어도
그리움 알알이 맘속에 이슬로 맺혀
생각사 지워지지 않는, 고향집 장독대

밤의 계곡

어제는 비가 내리더니
이 밤 물소리만
더더욱 거세더라
산굽이 물굽이 돌아돌아
가쁜 숨 몰아쉬고
흰 거품만 토하는데
오늘도 나그네 되어
여기에 머물러지고

아- 이것이 너의 운명일지니
부딪혀 조각나는 아픔이여
눈이여 눈이여 다시 어둠으로
내게 막을 주소서
그리하여 이 밤
계곡에서 잠시 머물러
쉬어 떠나갈지고

여름 비

한 여인이 초원에 서서
하늘을 바라다본다
얼굴을 들고, 그리운 듯
저주의 눈길로
돌아오지 않는
사람을 사람을-
가슴에 담고 먼 하늘로 간다

멀리서 한낮의 소낙비가
괴성을 토하며 달려와
미쳐서 마음대로
들판을 가르며 바람 따라 떠돌더니
초원에 잠시 머물러 눈물로 재회하곤
이내 하늘가 비가 되어
나그네로 길을 떠난다.

낮과 밤의 교차로

달은 해님을 향하여
온몸에 사향 뿌려 단장하고
입가에 비감의 미소로 동산에 솟으니
해는 기다림에 지쳐
먼저 떠나갑니다

어둠은 내려와
밤과 낮의 길을 가르는 교차로에서
오늘도 외로운 밤길 홀로 가오니
아침 동산에 찬연이 오르시어
영원하소서.

장맛비

장맛비가 보름째나 쏟아진다
아침엔 이슬비가
조금 전엔 가랑비가
지금은 장대비가 쏟아진다
담 밑에 고목이 진 앵두나무가
처량하게 고개 숙여 연일 비에 젖고 있다
낡은 초막지붕 밑 참새 두 마리
주둥이가 노란 아기 참새
날개가 부시시한 어미 참새가
잠시 후 길은 다르지만
빗속을 헤치고 어디론가 날아가 버린다
이 비가 끝나고
찬바람 부는 가을이 오면
주둥이가 노란 아기 참새도
날개가 부시시한 어미 참새가 되어 있겠지.

늦여름 빈 바다

늦여름 빈 바다, 해지는 저녁
뭍사람들의 발자국 시끄러운 소리에
지친 듯 길게 누워 잠을 잔다
아직도 무슨 사연이 또 남아 있는가
젊은 남녀 한 쌍이
상심의 낯으로, 어깨를 마주 기댄 채
하염없이 떠날 줄 모르는데
바다 갈매기 두어 마리가 백사장에 내려와
무엇인가를 열심히 쪼고 있다
왔다갔다 잔파도, 바람결 따라 한가로운데
내일을 기약하는 저녁노을
늦여름 빈 바다에 몸을 숨긴다.

소국

지난 가을날
외로운 할머니 무덤가에
소국 한포기를 심었더니
추운 겨울날이 지나가고
봄 여름이 지나
산마루에 단풍잎 곱게 물드는
구구절에 찾아왔더니
묘소 앞에 국화 한 송이
모든 고난 감내하고
깨끗한 얼굴에 지순하게 꽃을 피워
성스러운 영혼 앞에 고개 숙여 제 올린다.

〈할머니 묘소 앞에서〉

참새 쫓는 시골 소녀

까만 얼굴의 깡마른 시골 소녀가
풋감 우려낸 것 몇 개를
구럭에 담아 메고
물 고운 동평마을 개울을 건너
재빼기 넘어 새터 앞을 지나
장구뱀이 새막으로 새 쫓으러 간다

누렇게 벼가 익어가는
꼬불꼬불한 논두렁길을
우야 ˜ 훠이 ˜ 우야 ˜ 훠이 ˜
참새 떼를 쫓으려 이리저리 뛰어다닌다
낭랑한 소리로 목청을 돋궈
훠이 ˜ 훠이 ˜

올 가을 풍년 들어 맘씨 좋은 큰마님께
추석빔으로 새 신에 분홍저고리 얻어 입고

새야 새야 참새야, 멀리 멀리 가거라
허수아비 줄을 흔들며
들판에 참새 떼를
하늘 높이 멀리멀리 쫓아 보낸다.

갈대

작은 몸집으로 야윈 마른 갈대가
하얀 머리 풀고
바스락바스락 작은 소리로
울고 있는 언덕길
너의 영혼, 내 가슴에 묻고
나를 이 언덕 길가에 묻어 주오
한데 묶은 한 다발의 마른 갈대로는
영원의 길로 불을 밝히고
지금은 흘러가는 물소리를 듣지요
눈이 오면 지나가는 나그네의
눈 발자국 소리도 듣지요
무엇이 영원이고 무엇이 삶이고
죽음은 또 무엇이란 말이요.

가을

가을은 깊어만 가나보다
서너 잎만이 가지에 기대어
기약 없이 바람에 떨고 있구나
전날에 푸르던 잎들이 이어
어디에서 만날 날도, 기약도 없이
모르는 사람들처럼
어딘가를 떠다니는
집시가 되어
거리에 버려져도
머지않아 소복한 흰눈이
절규의 너를 가리어 덮어 주리.

가을 풍경

서릿가을 깊은 산골
물 맑은 작은 호수에
이미 낙엽은 떨어져
바람 타고 물 위를 이리저리 떠다닌다

뚝방에는 풀잎이
가을볕에 하얗게 사위어
두어 마디 남은 위로
물 속 잔새우가 톡톡 뛰어오른다

외로운 산비둘기 구구구-
해지는 가을들녘으로 날아가 버리면
홀로 남은 잔물결이
흐느끼듯 춤을 춘다.

가을 밤새야

세검정 산기슭에서
밤새가 운다
아직은 깊은 밤,
깊은 가을도 아닌데
깊은 시름에 슬픈 목으로
외로이 운다

시간도 흘러흘러
찬 서리 내린 자정인데
새야, 가을 밤새야
울어 울어라
단풍잎 눈물이 되어
뚝뚝 떨어지도록…

가을밤

휘영청 달 밝은 가을밤
밤벌레 구슬피 울어울어
무슨 사연이 그리 많아
온 밤을 찌르륵찌르륵, 서리서리
울고 또 울어댄다
또르륵- 낙엽이 또 떨어진다
깊은 가을밤
아- 적막하다
이별을 아파하는 달빛도
아직은 남아 있는데
온몸을 불태우고
한줄기 바람으로 돌아가는 너
다시 햇빛을 받아
부활의 날을 기다리며
할 말을 접은 채
조용히 이 가을을 떠나간다.

겨울보다 추운 가을

겨울보다 추운 가을
기약할 수 없는 나뭇가지에서
빛바랜 삶이
더 거센 바람 같구나

겨울보다 추운 가을
너도 떨고 있질 않는가
언제까지나 나뭇가지에서
머물 수 없는 너의 운명을…

겨울보다 추운 이 가을
미련 없이 떨어져
너 깊이 잠이 들면
머지않아 다시 그곳에 환생하리.

공원 벤치

찬바람이 불어
마른 잎이 이리저리 굴러다니는
휴일 오후의 공원
유난히 초라하게 보이는 중년남자가
아직 조금 남아 있는 단풍잎 사이로
초겨울 햇살을 받으며
벤치에 앉아 졸고 있다

우수수- 마로니에 넓은 잎들이
찬바람에 몰려와
추위에 시린 발등을 덮는다
남자는 마지막 담배를 피워 물고
빈 가슴 달래어 긴 연기를 내뿜으며
지나간 날들을 회상하는 듯
때때로 입가에 미소를 짓는다

어디로 갈까나 갈 곳이 없다
독백하는 몸짓으로 일어선 남자는
휘청거리는 발걸음으로
찬바람이 불어
마른 잎이 이리저리 굴러다니는
빈 공원을 뒤로 남긴 채
어두워지는 거리로 사라진다.

겨울 속에 피는 꽃

작고 어두운 방안에서 설란 한 분을
눈 속에 꽃을 보자는 뜻으로 키우건만
도무지 꽃을 피울 기미가 보이질 않는다
오늘은 햇빛 잘 드는
따뜻한 유리 온실로
옮겨주기로 마음을 먹었다

며칠이 지나 온실 안
무심코 들여다보니
꽃 중의 꽃 설란꽃이
영롱한 꽃망울을 터뜨려
이 가지 저 가지에서 꽃을 피워
그야말로 설란꽃 만발

짐짓 놀라운 마음으로
조금은 서글픈 심정으로

세상사 다 그런 거지 뭐.
그래도 춥고 어두운 작은 방안에서도
꽃을 피우기 위한 꽃망울을
끌어안고 있었던 게지.

겨울 간이역

진종일 싸락눈이
선로 위에 눈물 되어 내려앉는다
밤기차 기적소리와 함께
비에 젖어 야윈 가슴 같이
휭-
바람만이 지나가는
겨울 간이역
어둠속에 홀로 서서 깜빡이는
전등과 같이
이 몸과 마음에도 불을 밝힌다.

늘 푸른 소나무

함박눈이 펑펑 쏟아지던 날
산과 들도 하얀 눈을 뒤집어쓰고
저마다 깊은 잠에서
저마다 깊은 꿈을 꾼다
소나무 단풍나무 도토리나무도
단풍잎 곱게 물들이느라
지난 가을날에는 애태웠었지

도토리나무는 사람들이 열매를 따느라
발로 차고 때리고 돌팔매질로 멍들고 도끼로 찍고
상처뿐인 가을이었노라, 넋두리 한숨
소나무는 점잖은 소리로
유덕한 아낙네가 옥동자를 출산해 모셔갔다, 은근 자랑
저- 늘 푸른 소나무는
덕이 있는 사람들이 모셔간다네.

10월의 저녁

은행잎 떨어지는 시월의 저녁
아직도 후드득 소리 내어 비가 오니
마른 잎 어디로인지 떠나가야 할 텐데
텅 비어 있는 이 마음도 길을 떠나고 있구나
땅거미 진하게 가라앉아
멀리 보이는 외로운 불빛은
아득한 옛날, 슬픈 전설의 주인이 되어
오늘도 불빛만 흐르는데…

빈 바다

그 가슴 위에 다시 발을 디디듯이
파도는 모래 위에 하얀 자욱만을 남기고
오던 길로 돌아서 쓸쓸히 떠나갑니다
그렇게 뜨겁게 타던 태양마저
전신에 불을 먹고 시커먼 그림자 되어
제 갈 길로 돌아갑니다

해는 또다시, 정렬의 불을 먹고 부활
모래 위를 도도하게 포용하여 지나갑니다
파도 또한
제 갈 길로 돌아갑니다
그러나 지금은
단지 내 발자국, 그것뿐입니다.

빈 수숫대

아주 어두운 곳에서
한줄기 빛을 발견한다면
희망을 가질 것이오
아주 추운 겨울날
아주 따뜻한 햇빛을 맞이한다면
낯설시 않은 다정한 옛 친구처럼
아주 행복했었지
그러나 지금은, 무엇 그 무엇이 행복일까
황량한 들판에 홀로 남은 빈 수숫대
알맹이도 생명수 단물도
인간에게 다 빼앗기고
텅 빈 껍데기만 남아, 중심을 잃고
허수아비처럼 두 팔 벌리고
바람 부는 대로 빙빙 돌아간다.

흘러가는 강

들이지 않는 이 운명을 말없이 달려가지만
보이지 않는 강한 장막이여
한 영혼을 막을 수는 있다 하여도
멈추게 할 수는 없는 것을
물위에 아름답게 수놓은 불빛은 달빛은
말해주리라
우수수-
몸을 던져 흐느끼는 물의 아픔을
흘러가는 강물은 말해주리라
들이지 않는 이 두 운명에게.

구름 한 조각

겨울의 끝자락
이월의 중순을
지나고 있다

하늘은 청아한데
외롭게 더 높이 떠있는 구름 한 조각
흐린 얼굴이다

햇빛은 강렬한 열기의 빛을 발산하며
세월을 향하여
봄으로 달려온다

이내 꽃물만 드리우고, 무심히
이 봄을 떠나가겠지
또 다른 계절을 향하여…

홍제천

초여름 산들바람
홍제천에 경사났네
청둥오리 한 가족
엄마오리 앞장서고
새끼오리 여덟 마리
줄을 지어 뒤를 따라간다
어느새 수영을 배웠는지
잔잔한 물결을 가르며
두둥실 춤을 추듯이
잘도 노닌다
맑은 햇살 아래
행복한 오리 가족 아홉 마리
겨울이 오기 전에는 잘 자라
엄마오리 아빠오리가 되어 있겠지

2부

상념인듯 그리움인듯

나는 미치지 않았습니다

꺼지지 않는 성당의 불빛
온화하게 골목길 새벽을 내리는데
초롱하던 초저녁 별들
이제는 졸음에 겨운 듯
빛을 잃고 희미하게
그림자 되어 꺼져 간다
새벽바람도 산들하여 가을을 예고하는데…

다락방 창가, 스물여덟 미친 처녀
슬픈 예정이
가슴에 깊은 상처로, 삶의 끝에 서서
어제를 망각한 듯
나는 미치지 않았습니다
절규로, 돌이킬 수 없는 현실을 거부하며
아침을 기다리는 듯 고통의 밤을 보낸다.

무채색 가슴으로

참았던 슬픈 마음 추스르지 못하여
아픔, 슬픔이 목까지 차오른다
아직도 슬픈 마음 가누지 못해
창백한 영혼의 슬픈 노래를 부른다
가슴 저- 깊은 곳
슬픈 눈물이 아픈 골을 파고 흐른다

아- 밤은 점점 깊어간다
독한 술 한잔을 마신다
마른 나뭇가지에서
마른 잎이 하나 둘 떨어진다
조금씩조금씩 아픔을 떼어낸다
조각조각 슬픔이 떨어진다

아- 밤은 점점 깊어간다
독한 술 한잔을 마신다

독한 술 한잔을 마신다

이제는

아픔의 슬픔의 색깔도 없이

무채색 가슴으로 하얀 새벽을 맞는다.

눈 내리는 서울의 아침

뽀얗게 빛이 바래어
희미하게 꺼져가는 한 영혼을
아직도 비상하려는 듯
웅크린 채 서성이는 한 운명을
나는 가슴을 찢고
사랑과 증오, 슬픔과 괴로움 실망까지도
행복을, 마취도 없이 아픔에 떨며
가슴깊이 한 땀 한 땀 꿰매었습니다
더 넓은 가슴으로
더 깊은 사랑으로
뒤로 물러서지 않게
나를 지키게 하소서

조금 후
미국행, 공항으로 가려
언덕위 작은 집을 뒤로 남기고

눈 내리는 언덕길을

모자 하나로, 마음을 얼굴을 묻은 채

나는 그 길을 내려갑니다

그리고 또 다른

얼굴 같은 가슴으로,

또 다시 언덕위 작은 집

그곳으로 오려 합니다

안녕

눈 내리는 서울의 아침이여.

불시착

잠깐이라 생각하고 동산에 올랐었지요
얼마나 시간이 흘러갔는지
어둠속에 반짝이는 불빛 때문에
발길과 마음이 동시에 멈추었지요
어둠속에서 어두운 방을 들여다보았지요
뜻밖의 상황
죽음보다 더 슬픈 두 영혼이
상처 받고, 외로운 그림자로 서로를 끌어안고
모진 세상과 엄청난 싸움을 하고 있는 것을 보았습니다

순간
내 인생 모든 것을 여기에 불시착
운명의 동반자로
하늘의 뜻이라 생각하고
내 인생으로 받아들이겠습니다
그리고

이 몸과 마음을 다해
이 생명도 다하는 순간까지
여기에 머물게 하소서.

물새 한 마리

강가에서
행여 그 사람이 오려나
오늘도 기다려 보네
날갯짓 커다란 물새 한 마리
서서히 날개를 접으며
나룻 뱃전에 내려앉는다
먼 길
그 누구를 잃었는지
눈가에 이슬이 맺혀 있다

새야 물새야
너나 나나
마음속 깊은 상처 있거늘
이 세상의 모든 슬픈 사연들과
세상의 모든 일들일랑
흘러가는 강물위에 놓아두고

너는 뱃전에서

나는 강가에서

잠시 쉬었다 떠나지 않으련…

천상의 소리 영원한 말

깊은 밤 별빛 같은 아름다운 눈빛을 가진 사람을 만났습니다
푸른 밤 달빛 같은 슬픈 눈빛을 가진 사람을 보았습니다
창밖에는 물기 섞인 바람이
이제 다 핀 유월의 나뭇잎을 흔듭니다

어제는 빈 가슴으로 메마른 삶을 살았습니다
그리고 가슴 가득 채워질 나날들을 위하여
나는 어깨를 나란히 기대어 고통의 멍에를 함께 나눠 메고
세상을 향해 어둠을 헤치고 걸어갈 것입니다

아침에 잠에서 깨어 눈을 뜨면
가슴 가까이 있어 줄 사람이 되어
아침에 우는 아름다운 새처럼
행복한 노래를 함께 부를 것입니다

그리고, 석양의 햇살같이 멀리 더 멀리 퍼지는

저녁노을 같은 아름다운 삶을 살으렵니다

그리고, 천상의 소리 영원한 말

당신을 사랑하렵니다.

떠돌이 별

슬프게 살다 아름다운 별자리로 나 돌아가련다
슬프게 살다 떠돌이 별자리로 나 돌아가련다
그 영원한 별자리로
하늘 그 어디에라도 돌아가련다
별밤 찬바람이 지나간 그 슬픈 길가에
이름도 없는 들꽃같이 떠다니는 외로운 집시처럼
슬프게 살다 아름다운 별자리
그곳 하늘 별자리로 돌아가련다
늙고 병들지 않는 열두살 초롱하던 눈망울
더 이상 흐르지 않는 시간속으로…

나머지

십년을 바라다보았지만
한 번도 돌아보지 않았습니다
공동묘지에 까맣게 타버린 임자 없는 해골이
이리저리 굴러다니는 메마른 추억을
높은 나뭇가지에 매달아
차가운 겨울바람에
온갖 고통으로 저절로 사그라지도록
죽어버린 뿌리에 새싹이 돋아나기를
늘- 기도하는 마음으로
무거운 아픔을 매달았었지만
마음 밖으로의 단념은 한 순간인 것을
더 높고도 깊은 참뜻의 생으로
나머지
삶의 전부를 걸어보리라.

자화상

설날에 태어났다고
제비추리 있다고
늘- 장래를 상심하시어
부처님께 빌어주시던 할머니
나는 딸이라며 할머니 품에서 자라났다오
오빠는 아들이라며 다섯 살까지
어머니의 젖을 얻었다나
그래선지 훤칠한 인품에
부모님의 사랑도 원없이 받았던
아주 행복한 아들이었답니다

그러나 어느 날, 미국행 비행기를 타고
마음은 천만사 갈래갈래
젖도 못 얻어먹은 미약한 내가
죽음의 냄새가 나는, 미국으로 가다니
오빠요, 내 몫까지 먹었으니 부디 힘 좀 내세요

마음으로 빌었지만, 인생무상
끝내 미국 땅 양지바른 동산에
오빠를 묻었다오
오빠요, 부디 환생하시어
이승에서 못다한 몫까지 천수하십시오.

<미국에서 돌아가신 오빠의 넋을 위로하며>

여자 나이

내 나이 열다섯 풋사과처럼
싱그럽고 수줍던 시절에는
스무 살 탐스럽고 어여쁜
사촌 언니가 부러워
세월이 더디더디 가더니만
설 쇤 무의 속 같다는
여자 나이 서른 살에는
처녀 시절 그리워
가슴여미고 나는 혼자 울었지

마흔 살 쉰 살
어느덧 목을 조르는
마지막의 나이로 차올라
석양의 지는 해는 부활이 있어
아름다운 불꽃이라 환희하지만
황혼의 여자 나이

무엇이 있어 환희하랴만

타는 노을 끝에 서서

두렵지 않은 길을 걸어가 본다.

세월은 가도

첫눈이 내리는 그 겨울
스물한 살 그 사람을
열여덟 나는 처음 보았습니다
반듯한 어깨에 남곤색 제복을 입고
망토를 두른
단정한 사관생도였지요
그로부터 세월은 나를 제치고
삼십 여 년이 모두 다 흘러갔지만
내 가슴 한곳에
꼭 한마디 할 말이 남아 있습니다

그때 열여덟 이름 없는 나를
지금도 기억할 수 있나요
한숨 한번 길게 내쉬고
비오는 가을 아침
바쁜 거리로 걸어간다

아직도 그날은 어제만 같은데
서른 여 해가 다 지나갔다니
세월은 가도
기억 저편에서
엷은 미소로 대신해 본다.

무량에서

길을 잃고 마음마저 지친
저- 나그네가
무량의 길을 묻네
법당 문을 열고 들어가
엎드려 절을 하니
나무관세음보살
부질없는 이 마음을 거두소서
흔들리듯 떨리는 몸으로
섬석에 발을 딛고
법당을 나서니
노승은 차마 지나치지 못하고
발길을 멈추어 두손 합장하고
자비로 인도하소서
염원하며 염주에
내 넋을 매어두네.

장미의 숲으로

검은 날개옷을 입고
나는 지금 당신을 만나러
장미의 숲으로 갑니다
장미 향기 화려한 꽃과
심장과 같은 사람과
영원한 사랑과
삶과 진실과
마지막의 죽음과도 같은 요원
그래서 나는 환상이 아니라
현실에 존재하는 그곳
장미의 숲으로 돌아가서
살아갈 것입니다.

누구세요

똑똑-

늦은 가을밤

간간-

창문을 흔든다

누구세요-

창가로 가보지만 아무도 없고

까만 밤 빗속에

길을 잃고 갈 곳 없는

낯선 사람, 낯선 바람이

창가에 잠시 서 있다

나를 만나러 온 것 같지는 않아

기다리다 야위어진 가슴만

늦은 가을밤

허허한 비 바람결에 흩어 뿌려본다.

나의 작은 집

산 그림자 외로운 산모롱이에
나의 작은 집을 짓자
통나무 기둥에 들락거릴 수 있는
작은 문을 달고
들국화 울타리가 너울어지면
쌀밥에 고깃국은 개의치 않을 터
보리밥에 상추쌈으로
마음을 채우고 잠자리에 들면
어느덧 아름다운 꿈을 보겠지
햇빛이 맑은 아침이 오면
임진강 낚시터에나 가볼 양
가다가다 오던 길에는
얼룩무늬 귀여운 산 다람쥐도
간간- 만나보게 되겠지요.

인연의 그림자

선녀의 몸짓으로 연잎에 이슬을 받더니
인연의 그림자만이 흐르는 강가에서
마디마디 붉게 물드는 아픔으로
끝끝내 핏빛 진홍의 꽃을 피웁니다
강둑에 청청하게 서 있는 노송이
선의 그림자 가려
내 너를 보지 못한다 하여도
가슴 깊은 곳에서 그리운 사람
그 이름을 불러본다.

외로운 영혼

외롭게 지쳐버린 한 슬픈 영혼이
오늘도 홀홀히 떠나지 못하고
산마루턱에 걸쳐 홀로 운다
지난밤 꿈속에서 같이 머무를 곳을
여기에 기웃 저기에 기웃
성황당에 세월을 담은 늙은 나뭇가지에 매달려
떠다니는 우리의 넋들 같은 이름들이 울고 있는데
이름 모를 작은 철새들이 줄지어
저녁하늘을 날아가버리면
바람이 분다, 비가 온다
황혼도 곧 올 것인데…

보고 싶은 사람아

이렇게 안개가 짙은 날이면
하염없이 보고 싶어 눈을 감는다
수척한 모습 욕심 없는 눈동자
늘- 시린 가슴으로 고개 숙인 당신
나보다는 타인을 위한 삶이여야 한다는 사람아
갈 수도 올 수도 없는 운명이었기에
파도는 혼자 겨워 소리소리 높여 울고
아무도 살지 않는
외로운 낙도로 떠나가 버린 사람아
이렇게 안개가 짙은 날이면
하염없이 보고 싶어 눈을 감는다.

이별의 길목에서

사후의 두려움 같은

나를 닮은, 허탈한 바람이 나를 부르는데

어제는 한자락 삶이 바람처럼

세월을 따라나서더니

어느새 하늘가에선

하얀 눈송이가 한잎한잎 꽃잎같이 떨어져

잊혀진 기억들이 그 눈 위에 묻혀 사라진다

해는 또 저물어간다

이별의 길목에서, 슬프도록 긴박한

어느 발자국 소리가

낡은 창가에 맴도는

작은 영혼 같은 이별로 남아

하늘가 허공으로 떠도네.

갈 곳 없는 나

눈발이 휘날리는 언덕길에서
죽어도 뒤돌아보지 않으리
저미는 가슴을 잡고
나는 어디로 가고 있는가
무심한 바람만이, 차가워지는 가슴을
매정히 스치고 지나가는 이 저녁

그대로, 저기 외롭지 않게 보이는
큰 키로 서 있는 가로등
하얀 눈송이가 가로등 불빛을
떠나지 못하고 맴돌더니
갈 곳 없는 이 내 어깨위에
부질없이 떨어져 발밑에 쌓이더라.

나 죽으면 산이 되련다

나 죽으면 산이 되련다
비바람에도 굴하지 않는
커다란 바위로는 다리를 달고
진주빛 알알이 떨어지는
오색폭포로는 긴 머리를 달고
저녁이 되면 달빛 거울로
긴 머리를 곱게곱게 빗질하여 단장하고
초연한 가슴으로는
갖가지 향기 있는 초목을 가꾸어
봄이 되면 꽃으로 보여, 던져 주련다
가을이 오면 싱그럽고 탐스런 열매 맺어
산사람 그 누구라도 아름아름으로 안겨 주련다
흰눈이 오는 겨울 산이 되거든
흰빛 순결한 선녀의 모습으로
산사람 그 누구라도 반겨 맞으련다.

떠나가는 배

이제는 기다림의 막을 닫자
차라리 그 사람이 아니면 어떠하랴
밤하늘에 홀로 뜨는 달도 있지 않는가
아직은 새싹이 돋아나지 않은
강가에 서 있는 버드나무가지에
작은 배 하나 매어 두고
다른 상념으로 나를 채우고
나에게서 머무르지 않으리오.

지금이 아니더라도
아침이 오면 이 강가에서
나는 길을 떠나리오
비오는 추녀 밑에서 커다란 우산을 들고
나는 길을 떠나리오
커다란 배를 타고
나는 가네, 나는 떠나간다네.

추락

겨울을 예고하듯
가을 잎이 창가에 떨어진다
긴 여정에 지쳐버린 육신처럼
갈가리 낡은 삶을 포기하듯
마지막 땅끝으로 추락한다
무념에서 무상까지 죽음이라면
생의 삶 또한 죽음이란 윤회
어느 곳에 머물다
그 무엇으로, 이 땅에 태어난다면
봄밤의 귀족처럼 고고하게 피고 있는
하얀 목련으로나 환생하여 지고.

그리운 사람아

오월의 햇살 같은 그리운 사람아
오늘도 붉은 노을 너머로
그리운 사람, 너를 묻어 놓고
육신은 어둠속에서 허우적거리며
아침을 맞는다
내 진정 원하는 마음은
내 손 끝에 닿질 않아도
먼 산 너머로 그리운 사람
그 얼굴이 보인다
내 발 끝에 닿질 않아도
흐르는 강가에 물안개 되어
오월의 햇살 같은 아슬아슬한
그리운 사람이 되어
멀리서 가까이에서
오월의 햇살같이 피어 주오.

청춘가

청춘가 한 자락 불러보니
꽃잎이 지고
시를 한 수 읽어보니
속절없는 세월만 가더라
멀리서 들려오는 외로운 기적 소리는
오늘따라 왜 이리도 애절한가
올 사람 없는 이 밤에도
기다리는 마음은 또 무슨 심사인고
세월아 가거라
나도 세월 따라 가지만
너 또한 세월을 따라간다.

갈림길

나 어릴 때
무지개가 찬란하게 뜨고 지는
산하를 바라다보면서
한없는 꿈의 나래를 펴고
동구 밖 개울가의 버들강아지 꺾어
풀피리 만들어 불었지

재 너머 작은 동산에 살고 있는 개똥벌레
파란 불 켜고 비행하던 여름밤이면
마당가 평상에 앉아
밤하늘을 바라다보면서
슬프고 아름다운
별들의 이야기 들었지

내 어이 지나간 먼먼 날들을 돌아다보면서
스산한 삶에 목이 멘다

가도 가도 어두컴컴한
산모퉁이 갈림 길목,
산 그림자 외로운 저녁 길에
무거운 발길만이
인생이란 긴 끈으로
육신만을 끄누나.

단 하나의 기도

들어주소서. 이 소원을
단 하나의 마지막 소원이라 하여도
나 후회하지 않으리오
열 번을 죽고 열 번을 태어난다 하여도
엇갈린 둘이 아니라
단 하나가 되어 살아가게 하소서

신이여
간절한 소원이오니
이루어 주소서
간절한 소원이오니
받아 주소서. 신이여
단 하나의 마지막 소원이라 하여도…

오늘도

얼싸 취해 오늘도
그대 곁으로 말없이 달려간다
육신은 나루터에 꽁꽁 매어둔 채
마음만 달려간들 무엇하리오
얼싸 취해 오늘도
겉만 사노라니
마음만 더 취하네

세월이야 가고 간다
두둥실 보이지는 않으나
잘도 가고 또 가고 가는구나
나는 언제나 가고 싶다면
그대 곁으로 가볼거나
얼싸 취해 오늘도
이런저런 생각사 하루해가 다 간다네.

세월

수수 바람이 불어
세월이야 가고 간다
흘러 흘러서
얼마나 세월이 더 가야 잊혀지리야
지난 밤 꿈속에서 그 사람을 보았다오
아직도 잊지 않았음인가
수수 바람이 불어
마음은 잎새가 되어 뚝뚝 떨어진다
희뿌연 저녁 길가에 버려진 인생이라
뒤돌아보지만 희미한 기억은
아무것도 없더라
엇갈린 내 삶이
지나간 날들이 세월이
아직도 어제이던가.

인연

너의 영상 앞에 다가가고 있는
나를 보았을 때
서로의 인연이
끝이 났음을 알았었네

달이 지나면
아침이 오듯이
내 어이 지나가버린 추억을
아픔이라 하리오

만남과 헤어짐
인연의 끝자락에 남아
나는 떠나고
또 다른 내가 오고 있으리.

재회

방황의 나날도 눈물도
육신의 애착도
끝으로 하고
나 여기에 왔습니다

산천이 있고
아름다운 산새가 울면
들꽃은 부서져
눈물처럼 떨어져
먼 하늘로 갑니다

지금은 바람이 불고
비가 오는 저녁
이제 당신의 영혼 앞에
눈물의 긴 머리 바치오며
더 깊은 산천으로 향하옵니다

수없는 날들이 지나가고
이 생명도 다하는 날
미련 없이 타버린 연기로 변신하여
먼 길 그대 곁으로 떠나갑니다.

슬픈 영혼

오늘처럼 하얀 눈이 휘날리고
회색빛이 짙은 날이면
고갯마루 작은 오두막 지붕위에는
하얀 눈이 소복이 쌓여
곧 쓰러질 듯 간신히 지탱하고 있다

며칠째 작은 오두막 지붕 위 굴뚝에서는
하얀 연기도 피어오르지 않고
삐그덕 여닫는 나무때기 문소리도 들리지 않는다
오두막 주변으로는 모든 사물들이
지나가버린 적막의 빈 그림자만이
죽음 같은 잿빛으로 고요하다

평생을 빈 가슴으로
노을에 기대어, 그 무엇을 기다리는 듯
영혼의 눈으로 살았던 노파는

이제 외로운 삶을 접고 마지막을 향하여
먼 길 영원의 끝으로 떠나가버린다

그리고 홀로 남겨진 마른 풀
담쟁이 넝쿨만이 남아
곧 쓰러질 듯 휘청거리는 빈 담장만을
칭칭 감아 두르고
아무도 살지 않는 작은 오두막을
홀로 남아 지키고 있다.

〈작은 오두막집을 떠나며〉

여보세요

11월의 가을 잎은
덧없는 인생의 무상을 대변한다
갈 곳도 없지만 머무를 곳 또한 없는 것을
너덜너덜 헤진 잎새만이 생의 전부인 것을
오가는 사람들의 발밑에 남아
소리 없는 눈물만이 사람의 미음을
가을 끝으로 이끌어간다

우수수- 저녁 길에 스산한 바람이 분다
전신을 붉게 태워버린, 메아리 같은 영혼들이
허공으로 흩어져 떨어진다
움츠려 초라한 내 어깨위에 톡하고 흔들어
여보세요-
가슴이 찢기도록 울어본 적 있나요
눈물보다 더 진한 웃음도 웃었다오.

이 나이에

아직도 뛰는 가슴이 남아 있을까

감정이라는 출발에
가지 못하는 길이라면
멈춰야 하겠지
때로는 참으로 느끼고 싶은
그 길을 가고 싶다

이 나이에 가고 싶다면
갈 수는 있으려는지
빈 가슴만 남아
텅텅 허허한 소리뿐
세월 따라 바람처럼 사라진다

그러나
나는 생의 선을 따라가 본다.

3부

나 그대 위해 노래하는 별이 되리라

내 고향 샘주골

산 옆으로 조용히 흐르는 좁은 길
하얀 길이 보이네
금방 정다운 얼굴이
가슴으로 달려올 것 같은, 저기
정겨운 내 고향 좁은 길
하얀 길이 보이네
찌들은 여름은 가고 없는데
논둑에 허수아비 세월을 잊었어도
내 마음에는 년년이 꽃은 피고 지네
어연 산꼭대기에 하얀 눈이 덮여도
언제나 이 마음에는 포근한 그리움
그래도 앞 냇가 얼음이 풀리고
졸졸 또르륵 물소리가 들리면
연분홍 복사꽃으로
내 고향 골짜기 샘주골
그 길을 뒤덮어 흐르리.

그리운 고향 산천

내 고향 아미산 중턱에 올라가면
넓고 커다란, 명당이라는 묘 마당이 있다
어릴 적 나와 동네 아이들, 아미산에 올라
명당에 앉아 산 밑을 내려다보면
동네 한가운데 커다란 살구나무가 있는,
초가지붕이 정겨운 나의 집이 보인다

마당가에 서 있는 늙고 오래된 살구나무
한 쪽은 여름날 천둥번개를 맞아 고목이 되었지만
한 쪽은 가지를 뻗어 돌담에 기대어
하늘에서 은구름이 쏟아진 듯
연분홍 살구꽃이 흐드러지게 피어
제일 먼저 봄을 알린다

산천에 고운 색 분홍 물감 뿌려 놓은 듯
수줍어 다소곳한 진달래꽃도 더더욱 어여뻐라

두견새 눈물이 떨어져 꽃을 피운다는
전설의 꽃 철쭉이 산하를 덮어 피고 지고,
동구 밖 개울가에 하얀 싸리꽃은
가히 선녀의 하강이더라
꽃향기 그윽한 환상의 옷자락을 흘려
떨궈 흐르고 있듯이
마냥 어린 마음을 설레게 한다

매미소리 시원하고 낭랑하게 울어대던 여름날
보리와 벼, 나락을 쌓아두던 토광 옆으로 돌아가자면
능금나무에 풋사과 싱그러워라
돌담 옆으로는 멋지게도 키가 커다란 가죽나무에
능소화가 맑고 투명한 옥가락지를 끼워 두른 듯
치렁하게 휘감고, 물색도 영롱한 주황색 꽃을 피워
아침 이슬을 먹고 환하게 웃음 짓는다

해슬픈 저녁에는 아래 내 봇물 밑으로

산만큼 커다란 용머리 바위를 감돌아 흐르는

호젓하고 으스스한 도깨비 둠벙 맑은 물에서 멱을 감고

설익은 산머루 산다래 따서 한손 가득히 쥐고

돌아오던 저녁 길가에, 들국화 송이송이

그리움 되어 홀로 피어 있었네

잘 있거라 도깨비 둠벙아

잘 있거라 고향 산천아.

어머니

문풍지 드르륵-
바람소리 거세던 겨울밤이면
따끈한 꿀 차를 주시며
바람 막아 앉으시던 어머니
부족한 나를 위해
일생 오직 한마음일 뿐
가진 것 아무것도 없으신 어머니
밖에 비가 내려도 외롭지 않습니다
밖에 눈이 내려도 춥지 않습니다
영원한 어머니의 포근한 가슴이 있기에

〈눈 내리는 대관령에서〉

내 아버지의 마지막 모습

천수를 일기로
순천향병원 영안실에서
노란 삼베 수의로 갈아입으시고
두 눈을 꼭 감으시고
굳게 닫은 입속에 하얀 쌀 한입 넣으시고
노란 삼베 수건으로 마지막 얼굴을 가리고
일곱 매 묶고 관속에 누워
천상의 길로,
영원의 길로 떠나는
내 아버지의 마지막 모습

천석의 대종손으로 태어나
생전 천성이 고우셨던 아버지
일곱 남매 낳아 곱게 기르시더니
당신께서 가장 사랑하던 맏아들
이국에서 여의어 가슴에 묻곤

늘~ 가슴 치듯 아파하시던 나의 아버지
생전에는 모든 고난 감내하셨지만
이제는 모든 악연 고리 다 끊으소서
조상님들 모셔져 있는 평온한 선영에 들어
영원히 평안히 잠드소서

〈1997.7.9. 둘째딸 김춘자 올림〉

천관녀

천년의 사랑 천관녀

유신에게 버림받고 떠난 천관녀

유신의 가슴에 천년을 표류하더니

오늘도 저- 하늘 끝

어느 하나의 별이 되어

억겁의 구름으로 바람으로

애절하고 슬픈 영원한 사랑으로

후세인의 가슴에 살아남아 있으리

누가 천관녀

그대에게 사랑을 물으리오

대답 없는 메아리만

묵묵부답 아무런 소리가 없어라.

아침에 우는 까치 소리는

아침에 우는 까치 소리
멀리 떠난 님의 소식이라는데
자욱 눈이 자욱자욱 내리는 저녁
사각사각 님의 발자국소리 들리려나
창문 열고 밖을 내다보지만
방금 지나간 듯한 산짐승 발자국만
산길 따라 자욱자욱 꼭꼭 찍혀져 있네

하기야 무릎까지 빠지는 눈길 헤치고
뉘라서 산길에 오르겠는가
아침에 울던 산까치도 제갈길 돌아가고
눈 내리는 겨울밤
산사의 풍경소리 들리는, 작은 초가에서
꿈길에나 재회하려나
단잠이나 청하려오.

원성스님

섬진강 강가에 잔잔하게 봄물이 흐른다
모습이 아름다운, 젊은 스님이
단정한 장삼에 회색 바랑을 메고
조개 잡는 여인네에게 재첩 한줌을 얻는다
무슨 생각에서인지 강 위쪽으로 걸어간다

강바람은 아름답고 봄볕은 하늘한데
매화 향기 가르며 걸어가는 스님 모습
어찌나 아름다운지
한 폭의 그림으로
하늘 높이 올라간다

스님은
조개 한줌을
흘러가는 강물 위에
가만히 놓으며, 오래 살아라

염원하고 돌아간다

당신은 살아있는 보살님
영원한 나그네로
올곧은 마음으로
아름다운 숨결로
살아가야 할 원성스님.

그때 거기로

그날처럼, 눈 덮인 광야로 달려간다
구부러진 소나무에 하얀 너울이 드리어진
그때 거기로
길 잃은 사슴의 각혈 같은 발자국 따라
아무도 오지 않는 그곳을
아직도 내가 서성인다

윙윙- 칼바람이
황혼의 육신을 매질하고 지나간다
길 잃어 슬픈 사슴은 어디에 있나
천연덕스러운 세월에게나 물어보라며
저녁노을만 길게 늘이고
어둠만이 내려와 밤을 부르고 있다.

손의 표현

나는 두 손이 있지만

오늘은 한 손으로 글을 쓴다

다른 한 손으론 물건을 받쳐 돕는다

입으로만 표현하는 줄로만 알았더니

맘으로만 말의 뜻 전하는 줄로만 알았더니

더 깊고도 간절한 손의 표현이 있어

마음의 표현은 손으로도 전할 수 있는 것임에

그냥 두 손이 달려 있는 줄로만 알고 살아왔기에

오늘은 내 두 손이 있으므로

더 이상 바랄 것이 없다네.

〈전국 여성 백일장 글 / 마로니에 공원에서〉

마지막 잎새

오늘밤도 술 취한 늙은 화가가
낡은 이층 계단을 쿵쾅쿵쾅 비틀비틀 올라간다
집세도 못 낸 주제에…

아래층 여린 처녀가
창가에 누워 못내 가슴앓이로
꺼져가는 생명을, 마지막 잎새에 기대어 있다

밤새 추운 바람이 심하게 분다
아침이 오면 마지막 잎새는 떨어지겠지
처녀는, 마지막 남은 숨을 아껴 쉰다

늘- 같이 씹어뱉던
이층 늙은 화가의 술주정 소리가
오늘밤은 죽음같이 고요하다.

그리고, 마지막 잎새는 떨어지지 않았다
술주정뱅이 늙은 화가의 명화 마지막 잎새
우리 가슴에 오래도록 남아 기억될 것이다.

〈오-헨리의 마지막 잎새 중에서〉

사랑하는 사람이여

저녁이 되어야 피어나는
진분홍 분꽃보다 더 진한
순결하고 고운 가슴으로, 사랑과 진실과
생과 사를 가슴에 품은 채, 피보다 진한 그리움과
고통의 오십년의 세월을 잘라 끊고
북으로 북으로, 바람같이 나 달려갑니다
민족의 전쟁 속 비극으로
서로가 참으로 절규하던 세월이 있으므로
오늘에야 오십년 전 시간 속으로 들어갑니다
지금도 나를 잊지 않았나요
늙고 지쳐버린 가슴으로
오십년 전, 밤이 되어야 피어나는 분꽃 같은
수줍던 그 기억으로만 대할 수밖엔…

아-
이제 나는 당신을 떠나지 않습니다

비록 몸은 떠날 수밖에 없겠지만

그러나 나머지 내 영혼은

다시 한 번 당신의 가슴에 깊이깊이 묻혀

다시는 어느 누구라도

나를 들어내지 못하도록

영원의 그 길로, 앙금으로 남아

가라앉아질 것입니다

안녕

사랑하는 사람이여

안녕

그리운 금강산이여.

〈민족분단의 어느 부부의 비극 중에서〉

설날

섣달이라 그믐께인데
을씨년스럽다고
금방 눈이라도 올 것인가
아래채 노머슴이 중얼거리더니
용마루에 까치가 까악까악
목청껏 울어대는데
오락가락 정신이 나간 큰삼촌이
집으로 돌아오실랑가
할머니는 가슴에 담고
마루 끝에 서서 귀를 기울이신다
그래도 저래도 해는 저물고
아무도 오지 않는 빈 골목길에
밤바람만이 긴 꼬리로 불어와
설날이란 새 아침이
손님으로 오시는가.

슬픈 바람

굳은 비 내리던 날
안개 자욱한 봄날에
옛사람의 무덤가에 찾아왔습니다
진달래 웃음소리
터질 듯 한아름 흐드러지고
이름 모를 산새들 즐거이 지저귀는데
외로운 바람만이
옛사람의 쓸쓸한 무덤가를
슬피 울고 가는데
아지랑이 너울 춤추며
또 다시 새 봄은 오는가.

카바레의 밤

돈과 술과 사랑이 흘러 다니는
카바레의 밤
악사들의 멋진 반주에 맞춰
젊은 남녀 가수들이
춤추고 노래하고 환호의 박수를 받으며
인기라는 이름을 얼굴에 붙이고
힘 있는 자의 옆자리에 앉아
더한 흥을 돋우려,
담배연기 가득 채운 빈잔을 마신다

악사도 퇴장한 막간 무대
흘러간, 잊혀진 막간 가수가
철 지난 드레스에
세월의 나이 가득한 얼굴을
진한 분으로 감추고
레코드에서 흘러나오는 탱고리듬에

오- 쏘렌자로
흘러간 옛노래를 능숙한 솜씨로 열창하지만
박수소리 없는 무대 뒤로 사라진다

잊혀진 가수는
다음 막간을 기다리느라
구석진 자리 작은 의자에 홀로 앉아
독한 술 한 잔
그래도 이 밤을 걸어본다.

걸어서 학교까지

산바람 들바람 헤치고 벚꽃 길을 지나
배움의 터 작은 학교로 공부하러 가는
가슴이 맑고 희망찬 대한의 아들딸들
엄동설한에 점심 도시락은커녕
장작불 지핀 난롯가에 앉은 것만으로도 행복했었지
그러나 어느새 부잣집 아들딸들이 되었다며
등굣길 자가용은 물론
햄버거와 피자, 휴대폰은 기본이라는데
곁다리로 장래까지 약속하고, 성인식까지 치른다는
남자 여자까지도

이제는 진정한 청소년으로 돌아가
수북이 쌓인 거품 다 토해내고
더 푸른 장래를 견양하며
명석한 두뇌로
희망에 찬 가슴으로

가난한 나라 대한의 아들딸로서
걸어서 저- 하늘까지가 아니라
걸어서 작은 학교로, 배움의 터로 돌아가는
청소년으로 자라주길
진정 바라는 바입니다.

장날

신작로 따라 지티고갯마루에서
제물 사러 홍산 장에 가신 어머니를
해가 저물도록 기다린다
저- 멀리서 어머니가 오신다
새하얀 광주리에 이것저것 제물을 사시어
정성껏 담으시고
옆에는 타래엿 한 뭉치를
거친 황지로 알뜰하게 싸서 담아
머리에 이고
총총히 바쁜 걸음걸이로 돌아오신다
엄니 인제 와유
얘들아 추운데 왜 나와 있느냐
어서 가자 집에 가서 엿 먹어야지
꿈길에도 잊지 못하는 그 옛그림자
오늘은 하- 마음도 쓸쓸하여
오랜 친구와 오일장에나 가볼 양…

영원의 나라 천상으로

슬픈 굴레를 벗고
자유로운 새가 되어
이별 없는 먼 곳 하늘로
우리는 하나가 되어
여기 이곳을 떠나갑니다
부딪혀 이길 수 없는 고통으로,
무수한 조롱으로
아픔만 있던 이곳을 이별하고
신분의 차이도 없이
거룩한 사랑의 승화로
사랑을 위하여
영원히 시들지 않는 젊은 날
아름다운 청춘을 두고
영원의 나라 천상으로
우리는 하나가 되어
여기 이곳을 떠나갑니다.

사랑하는 친구야

사랑하는 친구야
가을이 다 지나가고 겨울이 오고 있습니다
마른 나뭇가지에 몇 잎 안 남은
낙엽을 애처로워했는데
힘에 겨웠던지 어깨를 기울이고
마지막 잎새마저.
다 떨궈버리는 것을 보았습니다
친구야, 대관령에는 벌써 폭설이라는데
우리가 살고 있는 가난한 지붕위에는
얼마만큼 눈이 내리려는지
상심의 낮으로 바람만
쏴- 거세게 불어옵니다

인생에 실패하고
생활이 어려웠을 때에는
제일 먼저 내게 달려와 최선을 다해

심신의 고통을 위로해주던 사람아
지나간 나날 당신에게
소홀이 한 나를 용서해주오
남은 나날들은
결코 외롭지 않게
행복하게 살아갈 것을
자주자주 마주하면서
의견 낼 것을
친구에게 약속합니다

친구야, 이 겨울이 다 지나가고 새봄이 오면
만상의 인간사 잠시 접어두고
어릴 적 철없던 시절 동산에 올라가
진달래 참꽃 따먹고 머리에 달고
옹달샘 졸졸 들길을 건너
물레방아 떨거덕거리며

돌아가던 방앗간에 앉아
재 너머 도깨비 이야기랑
앞산 옥녀봉에 여우각시 이야기하고 듣던
추억의 고향 산천으로, 돌아오는 새봄에는
사랑하는 친구야
여행을 떠납시다.

외등

쓸쓸히 바람이 불면
영시를 넘어
비에 젖고 서 있는 외등 너
아-
덧없는 이 마음 같구나
아침이 올 때까지 외로운 눈동자는
찬란한 햇빛에, 초라한 모습은 사라지고
마지막 다하는 순간까지
깨어진 이 마음은 당신 곁에 있습니다.

걱정마라

하얀 눈이 소복소복 내리던 겨울날
따뜻한 화롯가에 둘러앉아
옛날옛날 이야기 듣다
밤 깊은 줄 몰랐었네
삼거리에서 얘야, 걱정마라
이제는 혼자도 집에 갈 수 있지
하시던 건너 아주머님
여리던 나는 밤길이 너무 무서워
밤하늘을 한번 쳐다보았다
시리도록 엄숙하고 근엄한 파란 하늘에
잔별들이 추위를 위로하는 듯
서로를 포개어
끝없는 무언의 대화를 주고받는다
으르렁 으르렁-
괴짐승의 소리를 내면서
사나운 겨울바람이

문밖에서 나를 협박한다
수수- 겨울이 저나갔는데도
저 겨울바람은 늙지도 않는가
걱정마라, 때는 오고 가는 것
봄처녀 새신 신고 황토길 돌아
나의 집 뜰에도 봄은 온다.

　　　　　〈어릴 적 밤길에서〉

바람 부는 대로가 아니라

순풍에 돛을 달았다 해서
험한 바람 부는 대로만 따라간다면
종래에는 거친 풍랑에 길을 잃고 표류할 것이나

아무리 작은 배라 해도
돛을 바로 달고 삿대를 굳게 잡으면
아무리 거친 풍랑이라 해도 이겨낼 것이나

바람 부는 대로만 세상을 따라간다면
우선은 태평, 좋아라 하겠지만
비바람 거친 풍랑 끝에는 파멸일 것이나

바른 눈과 마음으로 바르게 세상을 살아간다면
비바람 거친 풍랑이라 해도
반드시 헤쳐 이겨낼 것입니다.

상엿집

두메산골 외진 소리 길가에
돌멩이로 쌓아 지은
아주 음산하고 오래된 움막인
상엿집이 하나 있다
인적은 드물고
잿빛 회색무늬를 한 송장메뚜기가
한길이나 자란 풀잎 사이로
펄쩍펄쩍 뛰어 넘는다
오늘은 웬일인지 상엿집 안에서
두서너 남자의 말소리가 두런두런 들려온다
실성실성하던 재 너머 화상 댁이
지난 밤 자해를 하고 죽었다네
여보게, 이승에서 못다 살고 떠나는 사람이니
마지막 가는 길에는 상여나 제대로 꾸며
저세상으로 보내 주세나
그리고 언젠가는 사람들이 또 상엿집으로 오겠지요.

간이 학교

내가 다니던 조그만 간이 학교
봄이 되면 춘설같이 날리던, 운동장가에
벚꽃나무는 늙고 늙어 간 곳이 없고
공부하던 교실 앞, 잔디 푸르던 언덕 위의
민들레꽃이랑 사철나무도 간 곳이 없고
탐스런 백목련이 대신하여 서 있구나

비가 오면 세차게 들리던
간이 학교 앞 냇가 물소리
작은 가슴 가슴을 적시고 흐르더니
지금은 하얀 모래바닥만이
앙상하게 죽은 듯이 누워 있는고

납작한 돌멩이 밑, 숨어 살던 검은 참가재랑
풀숲 잔새우도 간 곳이 없지만
간이 학교 총각 선생님이 들려주시던 이야기

기집 죽고 자식 죽고 나 혼자서 어이 살거나
구슬피 울던 구구리 새
지금도 봄이 오면
간이 학교 뒷산에서 울고 있으려나.

미국의 야경

네온사인 화려한 미국의 밤
두고 온 사람 못 잊어, 이 밤도 잠 못 이루고
아메리카 서부를 상징하는
통나무 낡은 건물 웰턴집 이층에서
동쪽 하늘만 바라다본다
저편 시티 내셔널뱅크 사인 사이로
하늘가 닿도록, 키가 커다란 이국의 멋 팜트리가
밤바람에 술 취한 듯 이리 비틀 저리 비틀
소맷자락 휘날리며 긴 그림자 그리며
신들린 밤, 무당 장단에 덩실덩실 어깨춤을 춘다.

초원으로의 초대

아직도 먼 산에는
희끗희끗 잔설이 남아 보인다
진한 햇빛은 정 그리워하는 흙 위에
한가로이 누워 있는데
마음만 숭숭하여
빨갛게 달아오른 난롯가에 앉아
차 한 잔을 마신다
어제는 바람이 불고 비가 내렸지만
오늘은 화사한 봄날이어라
내 지금 봄꽃과 풀잎들을 초원에 초대
이 봄을 맞아, 품어 안으리.

우이동

우이동 산골짜기에도
꽃피고 새 우는 봄은 왔건만
폭설 같은 한을 안고
외로운 영혼이, 슬픈 전설이 떠도는
연산의 묘에는
참배하는 이 하나 없고
세인의 눈길만이 따가워
부귀도 영화도 구름인 양 간 곳 없고
어이타
청산에 홀로 우는 연산의 넋을 달래주듯
이름 모를 들꽃 잎만이 하염없이 떨어져
한 많은 연산의 무덤 위를 덮누나.

〈어느 봄날, 연산군 묘소 앞을 지나며〉

잎을 떨구고

잎을 떨구고
겨울바람 소리와 겨울 길목에서
가혹한 시련의 사투와 마주섰다
때로는 뿌리까지 깊은 상처로
죽음에까지도 이르렀던 겨울이었고
고뇌에 찬, 도와 같은 시간들로
참고 기다리고 인내한다

겨울을 인내하지 못하면
새 생명의 부활, 찬란하고 아름다운 새 봄을
맞이할 수 없고
가혹한 죽음의 몸뚱이만이 남아 있을 뿐
겨울의 길목에서
가혹한 시련의 사투와 마주서는 의미는
더 큰 나무로 자라 남기 위함이다.

나 그대 위해 노래하는 별이 되리라

나 그대 위해 노래하는 별이 되리라
그대는 붉은 낙엽으로 불타고 있으매
우리는 눈이 있어 서로를 보게 되리라
지금은 달무리져 그대 모습 가려졌지만
나는 홀연한 바람으로 그대 곁으로 가고가고
그리고 나 그대 위해 노래하는 별이 되리라.

작은 새

희뿌연 눈보라가 눈앞을 막아선다
쾅쾅 소리내며, 성난 모습으로 달려온다
창밖엔 이름 모르는
작은 새 한 마리
갈 곳을 잃은 것이려나
은행나무 가지에 앉아, 슬픈 몰골로
날지를 못한다

그때 작은 새는
마침내 광풍으로 변한
눈보라 속으로
갈 곳을 찾은 듯
힘차게 힘차게
날아오른다

〈2016. 2. 눈보라가 거칠던 날〉

석양의 창가

비가 온다
여인의 울음처럼
소리 없이 통곡을 하듯
비가 온다
오월의 마지막 날이던가
라일락 나뭇가지의 무수한 잎들이
작은 창을 가리고
석양이 찾아드는
그 작은 창가에서
오늘도 여인이 편지를 쓴다
보낼 곳도 받을 사람도 없는
마음의 편지를
이제 후드득 빗소리가 끝이 났소
겨울이 오면 강물도
얼어버릴 건데요
겨울이 오는 그 강가에서

왜 살고 있나요
비켜갈 수 없는 세월의 매듭들을
오늘도 여인이 편지를 쓴다.

진관사의 여름

물소리 바람소리 매미소리도 한가로운
진관사의 여름
대웅전에서 들려오는
스님의 염불 소리는
억겁의 인연, 인과를 깨우치는 메아리로
산사의 뜰 마당에 내려앉아
갖가지 풀 한포기
여름 화초에도
때늦은 수국도
때 이른 들국화도
한데 어우러져
한마당 한가득히 피어나는구나

가사 장삼으로
육신을 마음을 다스리는 스님은
물소리도 매미소리도

향기 짙은 꽃씨마저도
보이지도 들리지도 않은 채
빠르지도 느리지도 않게
불가의 계도를 따라
세월을 거스르지도 않고
세월을 가르지도 않으며
법의 길을 따라
중생의 길잡이로
담담한 중도의 길을 걸어가신다.

문학도 소승小乘과 대승大乘처럼 해야

《한강문학》16호 시부문 신인상 부문에 응모한 김춘자의 원고 중 〈찢어진 꽃잎〉〈가을 밤새야〉〈영원의 나라 천상으로〉 3편을 가려 뽑아 당선작으로 선정했다. 이제 시인이 된 김춘자의 시 3편을 노래하듯 읽고, 보기를 권한다. 시詩는 운문韻文이다. 첫째도 둘째도 셋째도 노래 부를 수 있어야 한다. 그래서 운문이라고 한다.

평자는 최근 수년간 '극시劇詩', '소리글詩'를 천착해 왔다. 그 과정 중 일정한 성과도 이룩하면서, 뜻글자가 아닌 소리글자인 한글을 활용하여 ①보이는 그대로 ②소리 나오는 그대로 ③생각나는 그대로 써보라고 해왔다. 그런데 과연 이 말을 따라하기가 얼마나 힘든지 글 좀 쓴다는 사람은 다 안다. 게다가 시가 되려면, 리듬감까지 주라고 해왔다. 그러다 금번 김춘자의 원고와 마주쳤다.

소리글 시詩는 방언이 풍성하고 감성이 잘 살아 있어 매우 중요하다. 그렇다고 표준어의 가치를 무시하자는 것은 절대 아니다. 또한 소리글 시에서는 시작법의 금기사항인 '한 번 쓴 단어는 또 쓰지 말라'는 사항은 빨리 내버릴수록 좋다. 표의문자로 과거시험을 보던 소동파蘇東坡 시절에 지켜졌던 사항이기에 더욱 그렇다. 사서삼경을 들들 외우고 과거시험장에 시험 보러 가면, 답안지를 시詩, 부賦로 적어내던 시절 이야기다. 수백 수천 명이 낸 답안지가 공통된 의미의 뜻글자가 중복되면서 그 의미가 엇비슷했으니, 오죽하면 한 답안지에 '쓴 글자 또 쓰지 말라'고 했을까나.

소리글 시는 두 번 쓰면 어떻고 세 번 써도 괜찮다. 흥이 나면 2절, 3절에 후렴이라도 부를 판이다. 최근 대중가요 가사에 '랩'도 있고 반복된 리듬의 중독성 등등 호평까지 한다. 그래서 세상 오래 살고 볼 일이다. 그래서 '산문시'라는 말에까지, 어느 정도 역성을 들어줄 수 있게도 되었다. 그렇지만 아름다운 문장을 이어놨다고 꼭 노래가 되지는 않는다. 잘 쓴 사설, 칼럼 또는 격문, 대자보 같다는 생각을 지울 수 없다.

그리하여 소리글 시는 전통시를 허물지 않는 그 경계선, 장승이 버티고 선 고개 마루턱에서 중심을 당당하게 잡는다. 실력? 내공? 문학적 성취도, 소승小乘과 대승大乘처럼 해나가면서 각자 길을 찾게 된다. 따라서 데뷔작을 대표작으로 꼽는 사람은 거의 없다. 문학은 학문처럼 천착해야 하기에, 금강산에 젊은 도사가 없는 것과 같은 이치다. 이제 시인이 된 김춘자 시인을 격려하는 의미에서 꼭 하고 싶은 말이었다.

슬픔에도 깊이가 있다면 낙엽 쌓인 후원에서 홀로 시간이 멈춘 정갈한 우물을 떠올리면 된다. 이른 봄이 오면, 꽃 피어 오르게 한 우물과 목련, 목련은 필 때마다 햇살이 무정타하여 북향北向하여 피어나는 슬픔을 갖고 태어난다. 차라리 뚝 뚝 떨어 져 질 때까지 봄이 머물러 주기라도 했다면 우물의 물이 출렁이던 밤 상처 난 꽃잎 하나 후련하기라도 했을 터인데. 〈찢어진 꽃잎〉 목련의 슬픔을 감응한 우물과 봄밤의 후원의 기억. 열길 물속조차 헤아리기 벅찬 봄밤에 목련의 슬픔이 비장하다.

밤새가 우는 곳은 세검정 산기슭이라고 밝혀 놓았다. 때는 늦가을, 밤에 울기에 그 새는 '가을 밤새'가 됐다. 이렇게 '의미를 부여해 준다는 것'은 시작법에서 매우 중요하다. 〈가을 밤새야〉 마지막 연에서 '찬 서리', '단풍잎 눈물이 되어'는 생멸生滅의 순환 사이클을 시인의 감성으로 보강한다.

〈영원의 나라 천상으로〉는 모질지 못한 여성성을 시 한편에 여실히 드러낸 고백록告白錄이다. '자유로운 새가 되어 / 이별이 없는 먼 곳 하늘로 / 우리는 하나가 되어 / 여기 이곳을 떠나가고'자 염원한다. 하늘로 표현한 '영원성'과 그 하늘을 자유롭게 날아다니는 '새'로 염원을 승화시킨다. 아울러 '오직 사랑을 위하여 / 영원히 시들지 않는 / 젊은 날 아름다운 청춘을 두고 / 우리는 하나가 되어 / 여기 이곳을 떠나갑니다'라고 선언한다. 미래 설계의 완성형을 추구하며 스스로 확신한다. 승리는 획득했을 때 그래서 더욱 값지다.

-권녕하 시인의 심사평 중에서

무채색 가슴으로

1판 1쇄 인쇄   2020년 11월 15일
1판 1쇄 발행   2020년 11월 20일

지 은 이   김춘자
펴 낸 이   박수용
펴 낸 곳   위드라인
편집총괄   송경헌
표지사진   미소사랑
출판등록   제2015-000156
주   소   서울시 중구 필동로6길 2, 202호
전   화   02. 2277-1302
팩   스   02. 2277-9513

ⓒ 김춘자, 2020, printed in Seoul, Korea
ISBN 979-11-962634-5-4   03810

값 9,000원

이 도서는 중소벤처기업부와 소상공인시장진흥공단에서 추진, 전담하고 서울 인쇄정보
산업협동조합에서 운영하는 서울을지로인쇄소공인특화지원센터의 우수출판 콘텐츠 제
작 지원 사업에서 지원받아 제작되었습니다.